日本一短い手紙

「ありがとう」

本書は、平成二十四年度の第十回「新一筆啓上賞—日本一短い手紙　ありがとう」（福井県坂井市・財団法人丸岡町文化振興事業団主催、株式会社中央経済社、社団法人坂井青年会議所共催、日本郵便株式会社・福井県・福井県教育委員会・愛媛県西予市後援、住友グループ広報委員会特別後援）の入賞作品を中心にまとめたものである。

同賞には、平成二十四年四月一日〜十月十二日の期間内に六万三七四五通の応募があった。平成二十五年一月二十四日に最終選考が行われ、大賞五篇、秀作一〇篇、住友賞二〇篇、中央経済社賞一〇篇、坂井青年会議所賞五篇、佳作一六八篇が選ばれた。本書に掲載した年齢・都道府県名は応募時のものである。

同賞の選考委員は、池田理代子、小室等、佐々木幹郎、中山千夏、西ゆうじ、林正俊の諸氏であった。

目次

入賞作品

大賞

秀作

住友賞

中央経済社賞

坂井青年会議所賞

「おとうと」へ

まねするな。くっつくな。すぐよぶな。
でも、そばにいてくれてありがとう。
心強《こころづよ》いよ。

大賞
日本郵便株式会社
社長賞
おかざき　まさひこ
福井県　8歳　小学校3年

「母」へ

母《かあ》ちゃん。
生《う》んでくれて ありがとう。
今日《きょう》も弁当《べんとう》、少《すこ》し、味濃《あじこ》いよ。

大賞
日本郵便株式会社
社長賞
野口 宗太郎
熊本県 18歳 高校3年

「校長先生」へ

どうぞうをたおしてしまったぼくのために、
あちこちでんわしてくれてありがとう。

大賞
日本郵便株式会社
社長賞
柿本　恭佑
和歌山県　6歳　小学校1年

「赤ちゃん」へ

仮設内《かせつない》に、元気《げんき》な赤《あか》ちゃんの声《こえ》が
聞《き》こえるようになった
皆《みんな》で耳《みみ》をかたむける。
ありがとう

百戸ばかりの仮設内に最近、元気な赤ちゃんの泣き声が聞こえるようになった。
仮設の住人が一人増えてうれしい。

大賞
日本郵便株式会社
社長賞
近藤　孝悦
宮城県　69歳　漁業アルバイト

「おばあちゃん」へ

私《わたし》に色々《いろいろ》なことを教《おし》えてくれた
おばあちゃん。
最後《さいご》は命《いのち》の儚《はかな》さを。
本当《ほんとう》にありがとう。

大賞
日本郵便株式会社
社長賞
西尾 萌香
愛知県 15歳 高校1年

「鬼のようなかーさん」へ

一回《いっかい》しか書《か》きません。
口《くち》には絶対《ぜったい》出《だ》しません。
ふだん絶対《ぜったい》言《い》いません。
…ありがとう。

秀作
日本郵便株式会社
北陸支社長賞

山本　朋加
岡山県　14歳　中学校2年

「お兄ちゃん」へ

お兄《にい》ちゃんは
数学《すうがく》の問題《もんだい》には口《くち》を閉《と》じるけど
相談《そうだん》には口《くち》を開《ひら》いてくれるよね、
ありがとう

私には三つ年上のお兄ちゃんが一人いる。決して頼りがいのある
お兄ちゃんではないけど、何かと私のことを心配してくれる優しいお兄ちゃんだ。

秀作
日本郵便株式会社
北陸支社長賞

杉山 智映
静岡県 16歳 高校2年

「お父さん」へ

お父《とう》さんは、
ぼくが「ありがとう」って言《い》うと、
なんでいちいちびっくりした顔《かお》するかな

秀作
日本郵便株式会社
北陸支社長賞
やなぎ原　たつき
福井県　9歳　小学校3年

「父」へ

成人《せいじん》の日《ひ》にくれた通帳《つうちょう》ありがとう。
父《とう》さんを無視《むし》していた頃《ころ》の日付《ひづけ》に
泣《な》かされたよ。

秀作
日本郵便株式会社
北陸支社長賞
左古　善嗣
大阪府　37歳　自営業

「うんどうかいのかみさま」へ

ぼくのあかぐみと
おにいちゃんのあおぐみを
どうてんにしてくれて
ありがとうございます

秀作
日本郵便株式会社
北陸支社長賞
うめ田　なお人
福井県　7歳　小学校1年

「ごみ箱の中の缶チューハイ」へ

今日《きょう》もおかあさんの
疲《つか》れをとってくれてありがとう

一日中仕事をしている母は毎日寝る前に一本の缶チューハイを飲んでいる。
それが母のたのしみ。

秀作
日本郵便株式会社
北陸支社長賞

前田 朱里
岐阜県 18歳 高校3年

「母」へ

「あんた以外《いがい》の娘《むすめ》なら要《い》らん」
あの時《とき》言《い》ってくれた一言《ひとこと》で私《わたし》、
救《すく》われたよ。ありがとう。

秀作
日本郵便株式会社
北陸支社長賞
星野 かおり
新潟県 31歳 セラピスト

「嫁ぐ娘」へ

父《とう》さんに「ありがとう」はいい。
その分《ぶん》、お母《かあ》さんに言《い》いなさい。

秀作
日本郵便株式会社
北陸支社長賞

髙橋　鉄巳
北海道　65歳

「妻」へ

諦《あきら》めないで希望《きぼう》を持《も》つ。
教《おし》えてくれた貴方《あなた》。
今《いま》、右手《みぎて》は動《うご》き、
有《あ》り難《がと》うと書《か》いています。

秀作
日本郵便株式会社
北陸支社長賞
堀本　光夫
愛媛県　56歳　地方公務員

「まま」へ

ずっとおってくれて、ありがとう。

秀作
日本郵便株式会社北陸支社長賞
阿地　しずく
徳島県　5歳　保育所

「娘」へ

深夜《しんや》の帰宅《きたく》、机《つくえ》の上《うえ》のおむすび。
小《ちい》さな手《て》で握《にぎ》ってくれたんや。
泣《な》けたよ。ありがとう。

主人が病気になり病院へ連れて行った。深夜帰宅すると机の上におむすびが置かれてた。小学生の娘が作ってくれたものだった。一人泣きながらほおばった。嬉しくて、嬉しくて。（当時娘小学三年生の時の出来事）

住友賞
赤尾　和美
滋賀県　44歳　主婦

「娘」へ

抱《だ》っこするたびに腕《うで》を回《まわ》してくれて。
抱《だ》き締《し》めてもらっているのは
ママのほうです。

住友賞
杉本　理恵
島根県　39歳　主婦

抱っこをせがまれる度に、正直重いなあ、めんどうだなあという気持ちになることもありますがあと何年だっこできるだろう、と考えると、この日々に感謝です。

「お母さん」へ

いもうとのだっこ、うらやましかったよ。
きょうは、わたしでありがとう。

住友賞
よし田　ともな
福井県　７歳　小学校２年

「あの日の駐在さん」へ

お金《かね》を落《おと》した道《みち》を、
一緒《いっしょ》に探《さが》してくれた駐在《ちゅうざい》さん。
あの夜《よる》、少年《しょうねん》の私《わたし》は警官《けいかん》を志《こころざし》ました。

駐在さんに、感謝感激した私は、長じて石川県警の警察官になりました。
あの駐在さんは調べても不明。お元気を祈っています。

住友賞
西森 茂夫
石川県 88歳 元警部

「三歳の孫達」へ

ケンカ。大泣《おおな》き。
オモチャじゃなく
ばあちゃんのとり合《あ》いだったとは。
ありがとうね。

住友賞
加藤　裕子
東京都　55歳　自営業手伝い

「天国の父」へ

「大人《おとな》になるとわかる」が嫌《いや》だった
でも、大人《おとな》になって分《わ》かった
悔《くや》しいけどありがとう

住友賞
大平 敦
宮城県 41歳 公務員

「豪州に転居した小学生の孫」へ

来《き》てねの手紙《てがみ》に単調《たんちょう》な生活《せいかつ》が一変《いっぺん》し
英語《えいご》の勉強《べんきょう》を始《はじ》めたよ。
生《い》きがい誕生《たんじょう》、ありがとう！

住友賞
玉井 一郎
香川県 79歳

「あなた」へ

次《つぎ》の世《よ》も一緒《いっしょ》になろう
と言《い》ってくれて有難《ありがと》う。
お蔭《かげ》で婚活《こんかつ》の手間《てま》がはぶけました。

八月六日　二年八ヶ月の闘病の末癌の為亡くなった主人の言葉です。

住友賞
荒木　順子
長崎県　69歳　主婦

今日《きょう》、素敵《すてき》な食洗機《しょくせんき》が届《とど》きました。
私《わたし》の手荒《てあ》れ、気付《きづ》いていないと思《おも》ってた。
ありがとう

主人からの突然のプレゼントでした!!

住友賞
菅中　沙都姫
福岡県　34歳　看護師

「兄さん」へ

まだ高一《こういち》の兄《にい》さんが、
土方《どかた》でバイトして熱出《ねつだ》して、
買《か》ってくれたセーラー服《ふく》。
私《わたし》の宝物《たからもの》。

45年も前の話です。

住友賞
権藤　厚子
福岡県　59歳　看護師

「三月に亡くなった実母」へ

九十三年《きゅうじゅうさんねん》の人生《じんせい》を終《お》えた夜《よる》。
愚痴《ぐち》ばかりの娘《むすめ》でごめん。
母《はは》の日《ひ》、カーネーション供《そな》えるね。

住友賞
石原　文子
岐阜県　57歳　主婦

「お母さん」へ

今日《きょう》は言《い》えたよ、
しっかり目《め》を見《み》て「ありがとう」
でもまだはずかしい。

お礼は相手の目を見て言いなさいと言っているのですが、
なかなか言えずにいた日々。やっと言えた1日を書いたようです。

住友賞
下川　玲布
福井県　8歳　小学校3年

「遠くにいる孫」へ

メールありがとう。
でもじいちゃん、手紙《てがみ》がいいな。
文字《もじ》で成長《せいちょう》が分《わ》かるから。

住友賞
髙橋 鉄巳
北海道 65歳

「お父さん」へ

子供《こども》が成人《せいじん》したら
ぜったい別《わか》れてやると思《おも》いつつ四十年《よんじゅうねん》
でもよかった　ありがとう

住友賞
山本　すみ子
和歌山県　62歳

「英樹」へ

明日《あした》はテストだからと
一晩中《ひとばんじゅう》寝《ね》ずに看病《かんびょう》してくれたね。
優《やさ》しいウソ、嬉《うれ》しかった。

住友賞
佐藤　安子
岩手県　54歳　主婦

「誠人さんと千恵さん」へ

何時《いつ》でも「お母《かあ》さん」と呼《よ》んでくれる、
それがとっても嬉《うれ》しい。
幸《しあわ》せです。ありがとうね

住友賞
弘中 純子
北海道 85歳

還暦すぎた息子と娘ですが何時も「お母さん」とやさしく呼んでくれます。
静かに暖かく見守っていてくれるのが、よく、わかります。

「ママ」へ

ママ、ありがとうって
ひとをしあわせにする
いちばんかんたんな
おまじないなんだよ。

住友賞
三村　大智
神奈川県　6歳　小学校1年

母がふいに口にした「ありがとう」が、とっても嬉しかった様で、こんな手紙をくれました。
3兄弟の一番お兄ちゃんとしていつもがんばっています。

「規行さん」へ

ありがとうが口《くち》ぐせのような珠実《たまみ》。
そこがいいと選《えら》んでくれた規行《のりゆき》さんに、
ありがとう。

この七月に娘は結婚しました。父親を早くに亡くした娘にとって
本当に頼れる相手が出き、私も「ありがとう」です。

住友賞
橋本　泰江
静岡県　56歳　公務員

「自衛隊」へ

大《おお》きな津波《つなみ》とともに大《おお》きな悲《かな》しみ。
それでも家族《かぞく》を見《み》つけてくれた。
誇《ほこ》りの緑服《みどりふく》に感謝《かんしゃ》。

住友賞
曽根 奈宇美
宮城県 16歳 高校2年

この手紙は3月11日の時に助けてもらった自衛隊さんに向けて書きました。
それぞれ 苦しみや悲しみがあったはずなのに助けてくれました。

「母（ママ）」へ

「ありがとう」と
心《こころ》から言《い》える私《わたし》に育《そだ》ててくれて有難《ありがと》う。
ママを世界一《せかいいち》尊敬《そんけい》しています。

55年間父を支えてきた母。しかし、父からは一度も「有難う」と言われた事が無い。
その父も今や、老人性疾患で母なしでは生活できない。

住友賞
藤山　喜佐子
神奈川県　48歳
CSコンサルタント

「過去の私」へ

自分《じぶん》で自分《じぶん》に言《い》うのも
どうかと思《おも》うけれど…
あの時《とき》いじめに耐《た》えてくれてありがとう。

中央経済社賞
佐藤　千紗
神奈川県　14歳　中学校2年

私が小学5年生の時に暴力的では無かったけれど周りの人達にいじめられました。
それでも体が悪くなって辛くて死にたいと思っていました。でも今になって、
今の自分が存在しているのは過去の自分達が辛いことに耐えたからだと思うようになりました。
だからこそ尊い命を捨てそうだった、あの頃の私に感謝の気持ちを伝えたかったのです。

「娘」へ

入園《にゅうえん》して三ヶ月間《さんかげつかん》、
毎日大泣《まいにちおおな》きで「ママがいい！」
ありがとう。私《わたし》がママでいいんだね。

産むかどうか迷ったこと、片親で育てていることに対して、
いつも申し訳なく思っていましたが、ただただ嬉しい一言でした。

中央経済社賞
鈴原　菜美
徳島県　主婦

「サンタクロースさん」へ

八年間《はちねんかん》、お疲《つか》れさまでした。

あのとき薄々《うすうす》気《き》づいてました。

中央経済社賞

小山 里久

埼玉県 14歳 中学校3年

「帰省した息子」へ

ありがとう。
きみが帰《かえ》って来《き》たので、
やっと肉《にく》が食《く》える。

中央経済社賞
宮代 健
千葉県 58歳 公務員

「孫」へ

「ありがとう」を言《い》う時《とき》は、
優《やさ》しい顔《かお》になるんだよ。
こわい顔《かお》では言《い》えないんだ。

中央経済社賞
西田　金悟
大阪府　63歳　公務員

遺体安置所《いたいあんちじょ》で
家族《かぞく》を全《すべ》て亡《な》くした男性《だんせい》から
ありがとう
皆見《みなみ》つけてくれてと
手《て》を握《にぎ》られた。

中央経済社賞
飯村 伸一
福島県 警察官

「あるボランティアの若者」へ

泥《どろ》だらけで電車《でんしゃ》に乗《の》り、
席《せき》を汚《よご》すからとずっと立《た》って帰《かえ》った君《きみ》に、
最高《さいこう》の感謝《かんしゃ》をあげよう

中央経済社賞
佐藤　眞司
宮城県　45歳

私たちを救ってくれたのは、何万人という、名もない若者たちでした。

「家族」へ

車《くるま》イスでの外出《がいしゅつ》は嬉《うれ》しい。
市場《いちば》に散歩《さんぽ》に花見《はなみ》に花火《はなび》に旅行《りょこう》に
押《お》す家族《かぞく》よありがとう。

中央経済社賞
尾崎　千代
福岡県　98歳

「お母さん」へ

ちいさく産《う》んでくれありがとう。
だから小《ちい》さく産《う》んでごめん
なんて言《い》わないでくれ。

中央経済社賞
本田 侑也
岐阜県 17歳 高校3年

追伸《ついしん》。
母《かあ》さん、もう干物《ひもの》を送《おく》らんで。
紐《ひも》が緩《ゆる》くなっていくのが心配《しんぱい》。
俺《おれ》がとりに行《い》くで。

中央経済社賞
伊東 静雄
静岡県 83歳

「といれ」へ

おしっこやうんちをさせてくれて
ありがとう。
おかえしに、ぴかぴかにするからね。

坂井青年会議所賞
たてづか　なりまさ
福井県　6歳　小学校1年

「失敗」へ

失敗《しっぱい》をすると悔《く》やむけど、
本当《ほんとう》は失敗《しっぱい》をするから成功《せいこう》するんだよね。
失敗《しっぱい》、ありがとう

坂井青年会議所賞
中川　朋美
福井県　11歳　小学校5年

「めざましどけい」へ

うるさいってあさはおこってごめん。
ほんとはありがとうっておもってるよ。
おやすみ。

坂井青年会議所賞
齋藤　優月
福井県　7歳　小学校1年

「まま」へ

学校《がっこう》から帰《かえ》った時《とき》
「ぎゅう」してくれていい気持《きも》ち。
「ちゅう」はいらないよ。

坂井青年会議所賞
石森　晃世
福井県　10歳　小学校5年

毎週水曜日だけ学校から帰る時間に家で待っててあげられるので、走って帰ってきてくれるかわいい我が子です。家に居てくれて〝ありがとう〟との事でした。

「パパ」へ

私《わたし》が落《お》ち込《こ》んでると変顔《へんがお》してくる。
喉《のど》にひっかかっていつも言《い》えない言葉《ことば》
パパありがとう

坂井青年会議所賞
得政 凜
福井県 11歳 小学校6年

佳作

「息子」へ

パパは君《きみ》をよく叱《しか》る。
でも今日《きょう》はパパが君《きみ》に叱《しか》られたね。
ご指導《しどう》ありがとうございます。

佐藤 祐輔
北海道 32歳 会社員

「育てることは育てられること」ですね。

「電気」へ

今《いま》まで何《なに》も考《かんが》えずに使《つか》っていたけど
節電《せつでん》してみて気《き》がつきました。
電気《でんき》にありがとう。

山崎 恵輔
北海道 12歳 中学校1年

「親友・友」へ

今《いま》までありがとう、
ありがとう、ありがとう、ありがとう。
言《い》いたいのに言《い》えないよ。

青田 優香里
青森県 13歳 中学校1年

「息子」へ

生《い》きている。
それだけでいい、
ありがとう。

北畠 美里
青森県 35歳 主婦

「トラちゃん」へ

冷《ひ》え症《しょう》の私《わたし》の湯《ゆ》タンポ雌猫《めすねこ》トラちゃん、
18年間《ねんかん》ありがとう。安《やす》らかにね。

小保内 悦子
岩手県 60歳

「お父さん（主人）」へ

結婚三十年《けっこんさんじゅうねん》。
こんなに太《ふと》ってしまった私《わたし》に
「もっと食《く》え、食《く》え」
いつもありがとうね。

本当は太った私と一緒に歩くのもはずかしいはずなのに…。

佐藤　真智子
岩手県　54歳　主婦（農業）

「見知らぬ貴女」へ

避《ひ》難《なん》途《と》中《ちゅう》、荷《に》物《もつ》積《つ》んでと
自《じ》転《てん》車《しゃ》を指《さ》し示《しめ》す
見《み》知《し》らぬ貴女《あなた》の心《こころ》遣《づか》いを
一生《いっしょう》忘《わす》れられません。

東日本大震災で被災し自宅に残ったわずかだけの
しかし重い荷物を持って歩いていた時の出来事でした。

髙橋 亮子
宮城県 54歳 会社役員

「家族」へ

落《お》ちこんでいる僕《ぼく》に
漫才《まんざい》をしかけてくる家族《かぞく》ってうざい！。
でも、ありがとう。

高橋 陽平
宮城県 14歳 中学校2年

「本」へ

笑《わら》う、泣《な》く、楽《たの》しい、悲《かな》しい…。
私《わたし》をいろんな世界《せかい》へ連《つ》れていってくれて、
ありがとう

堀江 梨那
宮城県 13歳 中学校1年

いつも、読んでいる「本」。身近にありすぎて、
分からない感謝の「ありがとう」の気持ち。

「母」へ

朝取《あさど》り野菜《やさい》届《とど》きました。
着払《ちゃくばら》いとは腕《うで》を上《あ》げましたね惚《ぼ》け技《わざ》。
丈夫《じょうぶ》が何《なに》より嬉《うれ》しいです。

今野 芳彦
秋田県 65歳

「息子」へ

「お母《かあ》さんのお料理《りょうり》、一番《いちばん》じょうず。」

ありがとう。でも、それカップラーメン。

ゴメンネ

三木 篤子
秋田県 34歳

「お母さん」へ

合格発表《ごうかくはっぴょう》の日《ひ》
私《わたし》より騒《さわ》いで喜《よろこ》んだあなたは
私《わたし》の受験応援団長《じゅけんおうえんだんちょう》でした。
本当《ほんとう》にありがとう。

門倉 眞由
山形県 15歳 高校1年

「お母さん」へ

始《はじ》めて上京《じょうきょう》する私《わたし》に
小《ちい》さな布袋《ぬのぶくろ》をお守《まも》りよと渡《わた》した母《はは》
中《なか》にしわしわの千円札《せんえんさつ》が入《はい》っていた

昭和三十四年千円といえば母にとって大金であろう大切な現金、
私は列車の中で袋をにぎりしめポロポロ一人泣いた 今73才になった。

三浦 チヨ
山形県 73歳

「娘」へ

初任給《しょにんきゅう》でもらった万年筆《まんねんひつ》。うれしくて、もったいなくて使《つか》えず、まだ箱《はこ》の中《なか》だ。すまん。

佐藤 和弘
福島県 55歳 会社員

「恩師」へ

バカでどうしようもない僕《ぼく》を
自分《じぶん》の子《こ》のように思《おも》ってくれてありがとう。

鈴木 基哉
福島県 14歳 中学校3年

「携帯電話」へ

瓦礫《がれき》の中《なか》、
寒《さむ》さと恐怖《きょうふ》で握《にぎ》りしめた携帯電話《けいたいでんわ》。
皆《みんな》の声《こえ》と希望《きぼう》を届《とど》けてくれてありがとう。

冨澤 千鶴子
福島県 35歳 主婦

「妻」へ

まだ、「ありがとう。」
なんて言《い》わせない。

妻は今二度目の癌と戦っています。

渡部 裕
福島県 57歳 教員

「一歳の娘」へ

貴方《あなた》がたどたどしく言《い》う「あーがと。」
ママにはちゃんと
「ありがとう」って聞《き》こえるよ。

やっと話はじめた娘。いつも一緒にいる私にしか通じない言葉もたくさんあります。

森嶋 昌子
茨城県 37歳 会社員

「亡き親父さん」へ

親父《おやじ》、夢《ゆめ》の中《なか》へ出《で》てまで
心配《しんぱい》しないでいいよ。
でも、ありがとう。

大野 仁
栃木県 57歳 市教育委員会職員

「母」へ

広告《こうこく》の裏《うら》に

「毎日《まいにち》お仕事《しごと》ご苦労《くろう》さま

体《からだ》をこわさないでね」の言葉《ことば》。

一番大切《いちばんたいせつ》な遺品《いひん》です。

手塚 扶佐子
栃木県 53歳 会社員

「いつも笑顔の母」へ

「ありがとう」が口癖《くちぐせ》で、
正直《しょうじき》うざいって思《おも》ってた。
今《いま》は違《ちが》う。
私《わたし》から「ありがとう」。

阿久津 有紀
群馬県 16歳 高校1年

「両親」へ

今《いま》の僕《ぼく》は「ありがとう」が言《い》えず、
「うるさい」となってしまう。
勘違《かんちが》いしないでね。

天田 圭祐
群馬県 15歳 高校1年

「お父さん」へ

顔《かお》も知《し》らないあなたが憎《にく》い。
でもねやっぱり結局《けっきょく》は、ありがとう。
なのかもしれないね。

私が生まれてから、十ヶ月の頃離婚してしまった父と母。
十四年間会ってない父に贈った手紙です。

栗原 しおり
群馬県 14歳 中学校2年

「社会人になった孫娘」へ

人《ひと》の海《うみ》を渡《わた》るには
「ありがとう」の船《ふね》と
「思《おも》いやり」の帆《ほ》が
必要《ひつよう》なことを忘《わす》れずに

杉田 璋郎
群馬県 77歳

「上履き」へ

すまない。
穴《あな》が空《あ》いてみっともないんだ。
半年間《はんとしかん》、ありがとう。

長谷川 樹生
群馬県 16歳 高校2年

「サンタ様」へ

7年前《ねんまえ》まで、ありがとう。

藤本　遼太
群馬県　16歳　高校1年

「お父さん」へ

十年《じゅうねん》です。
亡《な》くなってなお残《のこ》してくれた言葉《ことば》で
育《そだ》ててくれるお父《とう》さん、ありがとう

伊藤 直美
埼玉県 パート

「昔の自分」へ

見事《みごと》に勉強《べんきょう》をさぼってくれてありがとう。
おかげで苦労《くろう》してますよ。

神山 武瑠
埼玉県 18歳 高校3年

「○○さん」へ

誰《だれ》かは知《し》りませんが、
ありがとうって言葉《ことば》を作《つく》った人《ひと》、
ありがとう。いつも使《つか》ってます。

山本 憲人
埼玉県 18歳 高校3年

「天国の弟」へ

「ありがとう。後《あと》を頼《たの》む」って
兄《あに》の俺《おれ》が先《さき》に言《い》うセリフだったのに、
馬鹿《ばか》だよー。

斉藤 宗世
埼玉県 69歳

三年前、手遅れの大腸ガンで天国へ旅立った弟の最後の一言でした。

「ペンフレンド」へ

もう四年《よねん》も経《た》つね、文通《ぶんつう》を始《はじ》めてから。
話《はな》しやメールとは違《ちが》う、
紙《かみ》の笑顔《えがお》をありがとう。

鈴木 花恋
埼玉県 13歳 中学校1年

小学三年のとき、転校で別れてしまった友達と、手紙を送り合っています。

「河野恵子さん」へ

夫《おっと》が逝《い》って悲《かな》しい。
あなたに会《あ》って泣《な》きたいと言《い》ってくれて
ありがとう。会《あ》いましょう。

阿部 磨里子
千葉県 58歳 パート

河野（かわの）さんは宝塚市に住む20年来の友。6年前、夫の転勤で離ればなれになってしまった。彼女の御主人が5月18日、お亡くなりになった。「泣かないと決めているけど、阿部さんに会ったら泣く。」と言う。秋に2人で一泊二日の旅をすることに決めた。

「自閉症の娘」へ

「ありがとう」ってニッコリ笑《わら》えば、
私《わたし》が何《なん》でもやってくれると知《し》っているのね。

小野 文香
千葉県 49歳 主婦

「亡き夫」へ

筆談《ひつだん》を交《か》はしたメモ用紙《ようし》。
「ありがとう」の文字《もじ》の折《お》り鶴《づる》が
遺影《いえい》の脇《わき》にとまっています。

河野 ひさ江
千葉県 84歳

「ジルちゃん」へ

甘《あま》えん坊《ぼう》の君《きみ》。寝《ね》てる君《きみ》。
黙《だま》って側《そば》に居《い》てくれるだけで幸《しあわ》せ。
猫《ねこ》だから猫《ねこ》だけど有難《ありがと》う。

うれしいときもかなしいときもいつも一緒にいてなごませてくれるジルへの手紙。

原口 由恵
千葉県 37歳 主婦

「一歳になる最愛の息子」へ

子育《こそだ》ては部活《ぶかつ》の合宿《がっしゅく》よりキビシイ。
パパとママを鍛《きた》え直《なお》してくれて、
ありがとう！

パパもママも、今までの人生で一番キビシイ生活は、運動部の合宿でした。
これ以上の物は無いと思っていましたが、昨年男の子が生まれて、その甘い考えが一変しました。
街では可愛いと言われ、おばあちゃんも大人しくて良い子と言いますが、
パパ・ママはへとへとです。でも、一番大好きです。

南　留美
千葉県　38歳　主婦

「息子」へ

おバカな息子《むすこ》より
「母《はは》の日《ひ》オメデトウ」メール。
正解《せいかい》は「母《はは》の日《ひ》ありがとう」なんだけど

宮永 富栄
千葉県 51歳 会社員

「初孫のりさちゃん」へ

あきばれのあさ、
りさちゃん
が、たんじょう。
とう病中《びょうちゅう》のじいじ
うれしかったよ。

脳腫瘍（7㎝）を発症し、現在闘病中です。
その中で初孫の顔を見られたことは、心から嬉しいことでした。

山口 博行
千葉県 61歳

「バスで会った小さな君」へ

席《せき》を譲《ゆず》ってくれてありがとう。
君《きみ》の耳《みみ》が真《ま》っ赤《か》になったね。
すごい勇気《ゆうき》が嬉《うれ》しかったよ。

赤坂 真穂
東京都 49歳 主婦

「専門学校時代の友」へ

注射実技《ちゅうしゃじつぎ》の追試《ついし》の時《とき》、
自《みずか》ら腕《うで》をかしてくれてありがとう。
君《きみ》は腕《うで》が、私《わたし》は心《こころ》が痛《いた》かった。

岡 友紀
東京都 34歳 看護師

クラスで自分だけ追試になり、それに合格しないと落第するところでした。

「発達障害の息子」へ

人《ひと》と比《くら》べる事《こと》が愚《おろ》かだと
気付《きづ》かせてくれた息子《むすこ》。
「生《う》まれて来《き》てくれてありがとう！」

木下 亜弓
東京都 主婦

「親父」へ

俺《おれ》だってたまには
文句《もんく》じゃなくてありがとうって
言《い》いたいんだよ。バカ親父《おやじ》。

近藤 亨
東京都 27歳 自衛官

「祖父」へ

ありがとう。迷子《まいご》になったら使《つか》え、とくれたお金《かね》、今《いま》もまだ財布《さいふ》に入《い》れてるよ。

倪　复
東京都　13歳　中学校2年

「るるこちゃん」へ

二年前《にねんまえ》は〇みっつ。
一年前《いちねんまえ》は平《ひら》がなで。
今《いま》は毎週《まいしゅう》お手紙《てがみ》ありがとう、
るるこちゃん。

松田 奈美江
東京都 40歳 会社員

「障害者の息子」へ

障害《しょうがい》は私《わたし》の心《こころ》の中《なか》に
あったのだと気《き》がついた。
ありがとう。一緒《いっしょ》に勝《か》ち進《すす》もう。　母《はは》

山田 弘美
東京都 54歳

「ネコのくらみ」へ

あなたが猫《ねこ》だったことを忘《わす》れていたよ。
九十歳《きゅうじゅっさい》を越《こ》えていたんだね。
今《いま》までありがとう。

20年一緒に暮らしたネコが先日、亡くなりました。まだ、足元もおぼつかない子猫でしたが、拾った日を今でもはっきり覚えています。本当にかわいいネコでした。

山本 順子
東京都 49歳 会社員

「息子」へ

「花粉《かふん》さんありがとう」と言《い》うと、
花粉症《かふんしょう》が軽《かる》くなるんだって。
本当《ほんとう》だと思《おも》うよ。

横山 未知
東京都 64歳 アルバイト

「自分」へ

ドジな自分《じぶん》にありがとう。
おかげでこれからの伸《の》びが
期待《きたい》できるよ……。

東 泰成
神奈川県 13歳 中学校2年

お母《かあ》さんが亡《な》くなって
わが家《や》の食卓《しょくたく》は父《ちち》の味《あじ》
お父《とう》さんとてもおいしいよ
ありがとう。

今村 翔一
神奈川県 18歳 高校3年

「ダンプカーの運転手さん」へ

横断中《おうだんちゅう》の障害者《しょうがいしゃ》の私《わたし》に
「頑張《がんば》って」と声《こえ》をかけてくれたあなたに
「ありがとう」

岡部 晋一
神奈川県 74歳

「娘（障害を持つ弟のいる）」へ

「私《わたし》も障害《しょうがい》のある子《こ》を生《う》みたいなぁ。どうやって生《う》んだの？ お母《かあ》さん。」娘《むすめ》よありがとう。

草野 理恵子
神奈川県 54歳 主婦

弟に重度の知的障害があります。二十歳の娘です。

「ぼくのおかあさん」へ

ふじさんより大《おお》きいぼくのきもち。
いつもありがとう。
なんていつかいえるといいな。

普段は「おかあさんはおこってばかりいる」なんて言っている息子だが、
やはり内心は母親大好きなんだと思う。照れ屋な所はオレ（父）似だと思った。

黒澤 優太
神奈川県 7歳 小学校1年

「ようちゃん」へ

片思《かたおも》いとずっと思《おも》い込《こ》んでた。
50年《ねん》めの再会《さいかい》、私《わたし》も好《す》きだった。
その一言《ひとこと》にありがとう

坂本 順一
神奈川県 63歳

二《ふた》つの国《くに》を持《も》つ小《ちい》さな君達《きみたち》にお乳《ちち》をあげた。
軽々《かるがる》と愛《あい》で国《くに》を一《ひと》つにする息子《むすこ》らの大《おお》きさよ

西浦 久仁子
神奈川県 47歳 主婦

韓国人の夫と国際結婚をして初産で双子を授かり、二人を抱いてお乳をあげる時は二つの国を持ってお乳をあげている気持ちでした。国境はなく愛だけがあるのがごく自然な彼らの姿に感動して書きました。

「母」へ

聴《き》こえない俺《おれ》を産《う》んでくれてありがとう。
その一言《ひとこと》すら恥《は》ずかしい。
でも言《い》わせてくれ。

「耳のせいにするな。」「出来ないのは、御前の努力不足だ！」と常に言っていた母。もう60になる。面と向かって感謝の言葉一つでもかけたい。まだ母からすりゃ未熟者。ただ一つ、ありがとう。

松山 智
神奈川県 31歳 教員

「裸の王様」へ

貴殿《きでん》は節電《せつでん》に協力《きょうりょく》して
丸裸《まるはだか》でお暮《く》らしとのこと。
誠《まこと》にありがとうございます。

米沢 幸男
山梨県 80歳 童話作家

「妹」へ

手紙《てがみ》をくれてありがとう。
「がんばってね」の一文《いちぶん》が私《わたし》の支《ささ》えで、
一生《いっしょう》の宝物《たからもの》です。

小橋 千奈
長野県 14歳 中学校3年

「ダウン症の息子悟」へ

弱虫《よわむし》だった私《わたし》を
強《つよ》い〝かあちゃん〟にしてくれて、
ありがとう。

中嶋 安子
長野県 54歳 パート

ダウン症の長男悟を生んだ時、私は自分の事しか考えないような弱い母親でした。
でも今になって少しは強くなれたかな…。

「おばあちゃん」へ

ありがとう、ありがとう。
なんでもそう言《い》うおばあちゃんこそ、
ありがとう。

小林 相太
新潟県 9歳 小学校3年

おばあちゃんは、ありがとうが口ぐせです。そう言われるとぼくはとてもうれしくなります。

「ぴょんぴょん」へ

いっぱいあそんでくれてありがとう。
つぎはあいりといっぱいあそんでね。

渡辺　美優
新潟県　5歳　保育園

5才の娘がずっと大切にしてきたぬいぐるみの「ぴょんぴょん」。
昨年産まれた妹（愛梨）にあげることにしました。その気持ちを書いたようです。

「父」へ

涙《なみだ》で語《かた》った私《わたし》に
一本《いっぽん》のオロナミンCを
飲《の》めと出《だ》してくれてありがとう。
元気《げんき》が出《で》たよ。

中嶋 清子
富山県 47歳 受付事務

「りえ」へ

あいしてる
りえ
が
となりにいると
うれしい

松山 慎吾
石川県 29歳 フリーター

「友達」へ

友達《ともだち》とけんかした。
先《さき》に、「ごめん。」といってくれて
ありがとう。

ぼくも先に言おうをしたけど先にごめんと言ってくれたのでうれしかったです。

梅田 陸翔
福井県 10歳 小学校5年

「さくら（犬）」へ

私《わたし》が泣《な》いている時《とき》、
私《わたし》を見《み》て吠《ほ》えているね。
慰《なぐさ》めてくれているのかな？
ありがとう。

梅村 美帆
福井県 18歳 高校4年

「両親」へ

そんなん恥《は》ずかしくて言《い》えません。
どーも。

岡見 裕也
福井県 16歳 高校1年

「かんなちゃん」へ

けっこんのやくそくしてくれてありがとう。
いっしょにけっこんしようね。

柿本 展義
福井県 5歳 保育園

「おとうと」へ

ぼくがおこられてる時《とき》
お母《かあ》さんの気《き》をひいてくれてありがとう。
これからもたのむよ!!

金田 宗真
福井県 10歳 小学校5年

「てんてん」へ

家《いえ》の中《なか》で、暴《あば》れないでください。
でも、いつも、楽《たの》しいです。
ありがとう。

北浜　理子
福井県　11歳　小学校6年

てんてんは、ペットです。（猫）

「まま」へ

ぼくは、
一《いち》にちなんじゅっかいもいってるぞ。
ちゅーしてあげるって。

ぼくからままへのありがとうのきもち。

きたむら らいき
福井県　6歳　小学校1年

「たかくん」へ

草《くさ》むしりを手伝《てつだ》ってくれてありがとう。
たかくんのおかげで、
草《くさ》とりがすきになったよ。

坂川 真由
福井県 34歳 主婦

草むしりが好きではなかったのに、息子（4才）が一緒にしてくれてから、楽しくなり、子どもに感謝しています。

「家族のみんな」へ

ありがとうと言《い》ってくれてうれしいから、
私《わたし》からもありがとう。

清水佳
福井県　11歳　小学校5年

「家族」へ

一番《いちばん》身近《みぢか》にいる人《ひと》から
「ありがとう」を言《い》われると素直《すなお》に嬉《うれ》しい。
風船《ふうせん》が飛《と》んだような気分《きぶん》。

竹中 敏栄
福井県 51歳 介護福祉士

「おかあさん」へ

まい朝《あさ》、
まどからのぞいているの知《し》ってるよ。
もう大《だい》じょうぶ。たのしく行《い》ってるよ。

塚谷 剣士朗
福井県 7歳 小学校2年

「じいちゃん」へ

たなばたに、
ぼくのことばかりおねがいしてくれて、
ありがとう。きっとかなうよ。

土村 隼介
福井県 8歳 小学校2年

「お母さん」へ

ネコにエサをあげたら、
ありがとうっていっているふうに
手《て》をペロペロなめてきたよ。

道見 侑誠
福井県 11歳 小学校6年

「おにいちゃん」へ

いつもさきにおこられてくれて、
ありがとう。
ぼくはおにいちゃんにまもられているよ。

なかで こうき
福井県　7歳　小学校1年

「お母さん」へ

うるさいのは愛情表現《あいじょうひょうげん》だって気付《きづ》いてる。
愛《あい》してくれてありがとう。

西端 夏生
福井県 12歳 小学校6年

「お兄ちゃんのおよめさん」へ

ぼくは、おじさんになった。
お姉《ねえ》ちゃん、
かわいい男《おとこ》の子《こ》産《う》んでくれてありがとう。

長谷川 翔大
福井県 10歳 小学校4年

「福井県大野郡和泉村東部中学校昭和三十八年卒業生の皆さん」へ

五十年《ごじゅうねん》ぶりの再会《さいかい》。
湖底《こてい》の学舎《がくしゃ》が甦《よみがえ》り、
胸《むね》を熱《あつ》くしました。
お招《まね》き、本当《ほんとう》にありがとう。

今年五月、今は九頭竜湖底に沈み廃校となった学舎で学んだ生徒達
（殆どが東海地方在）が当時の師を芦原温泉に招いて同窓会を開いてくれました。

林　澄子
福井県　73歳　主婦

「おかあさん」へ

しってるよ。
本当《ほんとう》はしかりたくないけど、
しかってくれるんだよね。
ありがとう。

細川 のはな
福井県 8歳 小学校2年

「孫（4才）」へ

いつも髪《かみ》の毛《け》が、
はえますようにと神様《かみさま》に
お願《ねが》いしながら頭《あたま》をなでてくれて、
ありがとう

堀田 幸栄
福井県 62歳 調理師

「ありがとうの言葉」へ

「ありがとう。」って
一秒《いちびょう》で言《い》える短《みじか》い言葉《ことば》だけど
相手《あいて》に思《おも》いを伝《つた》えられる。
すごいね。

山元 彩華
福井県 14歳 中学校3年

「まま」へ

まま、きょうだいをうんでくれて
ありがとう。けんかもするけど
まいにちがしあわせ。

渡辺 柚南
福井県 6歳 小学校1年

母《はは》は父《ちち》の言《い》いなりだった
反《はん》面《めん》教《きょう》師《し》にして私《わたし》は自《じ》分《ぶん》を生《い》きている
「母《かあ》さんありがとう」

堀田 文子
岐阜県

「友達」へ

うれしい事《こと》は2倍《ばい》に、
悲《かな》しい事《こと》は半分《はんぶん》こ。
いつも、いつも、ありがとう。

正村 優衣
岐阜県 12歳 中学校1年

「はなちょうちん」へ

二才《にさい》の妹《いもうと》の大《おお》きなはなちょうちん。
ひさしぶりに心《こころ》から笑《わら》いました。
ありがとう。

大瀧 元弥
静岡県 17歳 高校3年

「米寿の母」へ

赤《あか》児《ご》産《う》み、
利《り》口《こう》で無《な》く健《すこ》やかで
我《が》慢《まん》の戦《せん》後《ご》、
とうとう米寿《べいじゅ》
うまく逝《い》けば互《たが》いにありがとう

土屋 花懿子
静岡県 65歳 主婦

「母」へ

父《ちち》に見《み》せられた
1096日間《にちかん》の育児日記《いくじにっき》。
涙《なみだ》があふれました。
ありがとうお母《かあ》さん。

馬場 楓
静岡県 17歳 高校2年

「母」へ

あなたの娘《むすめ》でいるうちに伝《つた》えます。大好《だいす》き、大好《だいす》き、大好《だいす》き、大好《だいす》き、大好《だいす》き、大好《だいす》き！

青山 晃江
愛知県 45歳 主婦

四月ごろから記憶がだんだんごちゃごちゃになりだんだん子どもにもどっている母へ。

入院《にゅういん》した時《とき》、
庭先《にわさき》の花一輪《はないちりん》マグカップに入《い》れて
持《も》って来《き》てくれたのぐっときたワ。あなた。

有山すみ子
愛知県　73歳　主婦

「「今日は雨ふるぞー。」のおじさん」へ

いつもありがとう。
でも当《あ》たらないのが残念《ざんねん》！（笑《わらい》）
今度《こんど》は当《あ》ててね、おじさん！

五十嵐 菜摘
愛知県 15歳 中学校3年

「白杖」へ

いつも障害物《しょうがいぶつ》を教《おし》えてくれるパートナー。
これからも君《きみ》といろいろな所《ところ》へ旅《たび》したい。

市川 綾子
愛知県 16歳 盲学校1年

「私が幼い頃亡くなった母」へ

びっくりの報告《ほうこく》です。
私《わたし》、還暦《かんれき》を過《す》ぎたよ。
見守《みまも》り続《つづ》けてくれたおかげで今《いま》、
幸《しあわ》せです。

清水 洋子
愛知県 61歳 主婦

「妻」へ

稼《かせ》ぎは少《すく》ないけど、
家《いえ》に百万《ひゃくまん》ドルの君《きみ》の笑顔《えがお》が待《ま》つ僕《ぼく》は
億万長者《おくまんちょうじゃ》だね。ありがとう。

竹内 祐司
愛知県 49歳 会社員

「ばあちゃん」へ

僕《ぼく》の帰《かえ》りが遅《おそ》くて近《ちか》くまで迎《むか》えに来《き》て
「散歩《さんぽ》」って。心配《しんぱい》してたんだよね。
ありがとう。

樋田 将太郎
愛知県 13歳 中学校2年

「お母様」へ

ありがとう。
雨《あめ》にぬれた日《ひ》にそっと玄関《げんかん》に
タオルを置《お》いてくれる優《やさ》しさに、
感謝《かんしゃ》です。

藤城 佳穂
愛知県 16歳 高校2年

「おにいちゃん」へ

私《わたし》を、影《かげ》から支《ささ》えてくれていたのは、
お兄《にい》ちゃんだったんだね。ありがとう。

村瀬 美咲
愛知県 13歳 中学校2年

「おばあちゃん」へ

パパがいなかったら、私《わたし》はいない。
おばあちゃん、
パパをうんでくれてありがとう。

山口 のぞみ
愛知県 7歳 小学校1年

けいろうの日におばあちゃんにてがみをかきました。

「特別養護老人施設に入所している主人」へ

貴方《あなた》の耳《みみ》が、聞《き》こえるから、
私《わたし》は元気《げんき》出《だ》して、
世間話《せけんばなし》をしに行《い》けますよ。
ありがとう。

山﨑 照代
三重県 71歳

「夫」へ

こちらに背《せ》を向《む》け壁《かべ》に向《むか》って、
「ありがとう。」と言《い》う
素直《すなお》じゃない義父《ちち》です。

小田 由美子
滋賀県 48歳 介護職

夫の知らない父親の姿をちょっと知って欲しいなぁと思いまして、この手紙を認めました。

「お父さん」へ

お父《とう》さん、いつも遊《あそ》んでくれてありがとう。
でも、本当《ほんとう》はうちが遊《あそ》んであげてるねんで。

村田 悦夏
滋賀県 14歳 中学校3年

「両親」へ

僕《ぼく》は今《いま》、受験生《じゅけんせい》なのに
危機感《ききかん》があまりないけれど
僕《ぼく》より受験《じゅけん》を心配《しんぱい》してくれてありがとう

奥村 和紀
京都府 14歳 中学校3年

「愛しのユウ」へ

いつもな、好《す》きって言《い》おうとして
あほって出《で》ちゃうねん！
ほんまは感謝《かんしゃ》でいっぱいやで。

本人を目の前にすると素直になれない。だけど本当の気持ちを伝えたい。

髙垣 茜
京都市 23歳 大学修士1回

「消しゴム」へ

中学《ちゅうがく》の時《とき》に授業中《じゅぎょうちゅう》落《お》としたおかげで
好《す》きな子《こ》が拾《ひろ》ってくれた。
ありがとう消《け》しゴム。

上林 瑶治
大阪府 17歳 高校2年

「天国のお父さん」へ

「ありがとう」で始《はじ》まり
「ありがとう」で終《お》わる。
病気《びょうき》になってそんな一日《いちにち》送《おく》ってます。

久米 朝子
大阪府 56歳 主婦

現在末期がんです。沢山の人の愛の力で生かされている自分です。
今、私は〝ありがとう〟感謝の気持ちで一杯です。

病床《びょうしょう》で、何思《なにおも》い、誰想《だれおも》うてか
傍《かたわら》の嫁《よめ》の頭《あたま》を撫《な》でくれし父《ちち》にひと言《こと》、
「ありがとう」

清家 佐知子
大阪府 52歳 主婦

「矍鑠《かくしゃく》たる」という言葉がぴったりだった九十一才の義父へ。

「息子が逝った日の夕空」へ

美《うつく》しさに心《こころ》が動《うご》いて驚《おどろ》いた。
私《わたし》は大丈夫《だいじょうぶ》、やっていけると思《おも》えたのは
この夕空《ゆうぞら》のおかげ。

中村 典子
大阪府 主婦

四か月だった息子が突然亡くなったあの日、美しい夕空を見た時、
「きれいだなあ」と思えました。こんなに悲しくても美しさに感動する気持ちが残っているなら、
きっとやっていける、そう思いました。

「雨」へ

私《わたし》が悲《かな》しい帰《かえ》り道《みち》、
降《ふ》ってくれてありがとう。
傘《かさ》もささずに泣《な》いたあの日《ひ》、
忘《わす》れません。

原田 小咲子
大阪府 17歳 高校3年

「父」へ

父《ちち》に口《くち》をきかない私《わたし》が
「肩《かた》たたいたるわ。」
次《つぎ》に出《で》る一言《ひとこと》が震《ふる》えてた。

平山 菜々絵
大阪府 15歳 高校1年

「祖母」へ

子供《こども》の頃《ころ》の好物《こうぶつ》を
今《いま》も買《か》ってきてくれてありがとう。
味覚《みかく》が変《か》わったとは言《い》えなくて。

松下 遊伍
大阪府 17歳 高校2年

「公園を駆ける少女たち」へ

遠《とお》くでありがとうの声《こえ》。
転《ころ》がり来《く》るサッカーボール。
未来《みらい》の撫子《なでしこ》よ、私《わたし》のパスを受《う》けろ。

転がったボールを取ってもらうために、先に言う「ありがとう」。
これは、日本だけの文化習慣なのでしょうか。

渡辺 廣之
大阪府 59歳 公務員

「お母さん」へ

かっぽう着《ぎ》のお母《かあ》さん
毎朝《まいあさ》三《み》つ編《あ》みに結《ゆ》ってくれてありがとう
痛《いた》かったけど黙《だま》ってた

石田 順子
兵庫県 69歳

忙しい朝、その手を止めて、私の通学前に髪を結った亡き母。娘をもったうれしさも 少しはあったかしら。

「だんなさま」へ

結婚式《けっこんしき》の日《ひ》。
退場間際《たいじょうまぎわ》に言《い》ってくれた「ありがとう」。
私《わたし》の心《こころ》の支《ささ》えです。ありがとう。

井上 美千代
兵庫県 36歳 主婦

「両親」へ

私《わたし》が生《う》まれてきて幸《しあわ》せですか?
私《わたし》は二人《ふたり》の子供《こども》で幸《しあわ》せです。
私《わたし》を生《う》んでくれてありがとう

大西 真由
兵庫県 18歳 高校3年

「みゆちゃん」へ

みゆちゃんの「ありがとう」は
魔法《まほう》の言葉《ことば》。
ばあちゃんはぴょんっと元気《げんき》になるよ。

大野 かほる
兵庫県 74歳 主婦

この夏遊びに来た孫が、私のする一つ一つに「ありがとう」と言ってくれました。
とてもやさしい声でした。中学一年の女の子。

「妹」へ

友達《ともだち》のように、
またライバルのように、
そしていつも一番《いちばん》の味方《みかた》でいてくれて
有難《ありがと》う。

岡本あい
兵庫県 18歳 高校3年

「亡き母」へ

おかあちゃん、
妹《いもうと》を産《う》んどいてくれてありがとう。
めちゃくちゃ頼《たよ》りになる妹《いもうと》たちやわ。

河内谷 文恵
兵庫県 62歳 主婦

「かみさま」へ

今日《きょう》も一日《いちにち》ありがとう。
いつもお願《ねが》いばかりしてすみませんが、
これからもひとつ宜《よろ》しく

木原 恵美子
兵庫県 34歳

「あっちゃん」へ

死《し》んだつもりで生《い》きてた。
あなたと出会《であ》って生《い》きる
希望《きぼう》と未来《みらい》をもらった。
ありがとう。

父親が自殺。自分を責め続けていました。主人と出会い、娘を授かりました。主人と娘は私の生きる希望・未来です。主人と娘のために生きてゆきます。

成行 美代子
兵庫県 34歳 主婦

「親友」へ

背中《せなか》を押《お》す方《ほう》も怖《こわ》いの知《し》ってるのに
押《お》してくれてありがとう。
おかげで夢《ゆめ》が叶《かな》いそう。

西田 莉佳
兵庫県 18歳 高校3年

「お母さん」へ

親《おや》になればきっとわかるからって。
やっと意味《いみ》がわかったよ。
お母《かあ》さん、ありがとう。

室山 真由子
兵庫県 36歳 主婦

「鏡の中の私の顔」へ

シワに、シミに、タルミに…、
今《いま》まで懸命《けんめい》に生《い》きてきた証《あか》しと思《おも》えば
ありがとうだね。

中辻 久美子
和歌山県 53歳 幼稚園教諭

もうすぐ54歳。どんなに若く見られようと54歳は54歳。シワもシミもタルミも自慢できる生き方ができるよう、これからの人生、がんばらなくっちゃ!!

「女房殿」へ

一筆啓上《いっぴつけいじょう》　ありがとう。
運動《うんどう》、食事《しょくじ》に睡眠《すいみん》と、
九十年間《きゅうじゅうねんかん》ありがとう。
お陰《かげ》で元気《げんき》だ快適《かいてき》だ

十月七日で満九十歳になります。運動はウォーキング、食事は栄養バランス、睡眠は100％女房の配慮。

荒井　明由
鳥取県　90歳

「我が息子」へ

睡眠不足《すいみんぶそく》、腱鞘炎《けんしょうえん》に
溢《あふ》れる程《ほど》の幸《しあわ》せを感《かん》じています。
産《う》まれてきてくれてありがとう。

二度の流産、不育症、子宮奇形、前置胎盤、臍帯二重巻絡を乗り越えて、
産まれてきてくれた息子に感謝しています。

猪﨑　文香
鳥取県　31歳　言語聴覚士

「孝志」へ

一人暮《ひとりぐ》らしを始《はじ》めて

「ありがとう」の言葉《ことば》増《ふ》えたね

うれしい　母《かあ》さんからもありがとう

永田　美加子
島根県　47歳　会社員

「未来の旦那さま」へ

急《きゅう》な病気《びょうき》で子供《こども》を授《さず》かりにくい体《からだ》。
「関係《かんけい》ない結婚《けっこん》しよう」あなたの言葉《ことば》。
私《わたし》、幸《しあわ》せだよ

細田 萌子
島根県 27歳 家事手伝い

「母」へ

何《なに》をしても
「ありがとうの百乗《ひゃくじょう》じゃ」と言《い》ってくれる
お母《かあ》さん、元気《げんき》な米寿《べいじゅ》おめでとう。

高山　秋津
岡山県　63歳　主婦

母はひとり暮らし、毎日、感謝感謝で生きてます。

「偉大な母」へ

玄関《げんかん》に、「お母《かあ》さんありがとう」と
クレヨンで書《か》いた字《じ》を飾《かざ》ってくれて
43年《ねん》。ありがとう

永見 幸子
岡山県 50歳 主婦

里に帰ると玄関に一文字ずつ色を変えてクレヨンで書いた文字。
額に入れて飾ってあります。大切にしてくれてありがとう。

「父」へ

いっぱい、ごめん
いっぱい、ありがとう

新家しのぶ
広島県　50歳　区非常勤職員

「青蛙」へ

うなぎ頼《たよ》れぬこの夏《なつ》に
我《わ》が家《や》に来《き》たのは青蛙《あおがえる》
姿現《すがたあら》わすその度《たび》に
涼《りょう》をもたらす縁起物《えんぎもの》

山下 忍
山口県 35歳 主婦

「愛犬」へ

尻尾《しっぽ》振《ふ》り回《まわ》して一番《いちばん》に出迎《でむか》えてくれる君《きみ》。
ありがとう。
今日《きょう》のお散歩《さんぽ》どこまで行《い》こうか。

中山 知美
徳島県 16歳 高校3年

「妻から夫のかくイビキ様」へ

貴方《あなた》のは、すごいのよ。
68歳《さい》の今《いま》『息《いき》してる』と、安心《あんしん》です。
ありがとういびきさん。

益岡 妙子
徳島県 63歳 主婦

実は私も少々、疲れている日は、うるさいそうです……。

「クーラー」へ

クーラーさん、
いつも快適《かいてき》な夏《なつ》をありがとう。
冷《ひ》えすぎてカゼをひかないようにね。

松田 沙樹
徳島県 16歳 高校2年

「父・母」へ

新《あたら》しい家《いえ》を建《た》ててくれてありがとう
うれしいよ。
将来《しょうらい》ぼくは、新《あたら》しい家族《かぞく》をおくりますね

吉良 裕真
愛媛県 11歳 小学校6年

「父さん 母さん」へ

そばにいてくれてありがとう。
話《はなし》を聞《き》いてくれてありがとう。
生《う》まれてきてよかった。

松浦 優里
愛媛県 11歳 小学校6年

「夫」へ

「お前《まえ》と娘《むすめ》遺《のこ》して死《し》なん」。
三《さん》度《ど》のガンと闘《たたか》い、
この約束《やくそく》守《まも》り通《とお》してくれてありがとう！

棚橋 すみえ
高知県 62歳 自営業

「お母さん」へ

毎日《まいにち》渡《わた》してくれる、
愛情満点《あいじょうまんてん》のお弁当《べんとう》。
空《から》で返《かえ》すことが、
私《わたし》なりのありがとう。

糸山 遥奈
福岡県 16歳 高校1年

「あなた」へ

「ありがとう」は
うなずくだけでは分《わ》かりません
ちゃんと目《め》を見《み》てやさしく言《い》って。

井上 美津江
福岡県 68歳 主婦

心の思いは伝わりません。

「愛猫」へ

8kgの巨体《きょたい》を引《ひ》きずって
毎朝起《まいあさお》こしてくれてありがとう。
10kg超《こ》えたら写真集出《しゃしんしゅうだ》そうね。

大庭 文也
福岡県 19歳 専門学校2年

現在7.8kgの猫を飼っており、すごくかわいいので。

「一緒に弁当を食べる友達」へ

お前《まえ》らの言《い》い方《かた》はちょっとあれだけど、
とても心《こころ》に響《ひび》くぜ。お前《まえ》らのおかげだな。

藤田 零治
福岡県 17歳 高校2年

いつもベランダで一緒に食べていて、一人が言うたびにみんな一斉にいってきます。言い方はちょっといらっとしますが、とてもためになるものです。

「太陽様」へ

超特大《ちょうとくだい》の感謝《かんしゃ》を捧《ささ》げます。
光熱費《こうねつひ》の請求《せいきゅう》もなさらず、
きょうも輝《かがや》きたまう。

安田 邦光
福岡県 75歳 パート

「二度と会う事のなかった恩人さん」へ

戦争中《せんそうちゅう》、駅《えき》で立《た》ち尽《つ》くす
幼《おさな》い私《わたし》と母《はは》に自分《じぶん》の切符《きっぷ》を譲《ゆず》ってくれた
学生《がくせい》さん、ありがとう。

吉屋 好子
福岡県 71歳 主婦

出征中の父の面会へ都城まで行く駅までの出来事でした。切符が取れずにいた母と私に学生さんが自分の切符を譲って下さいました。母は断りましたが「あなたはいいでしょうが娘さん(私)が可哀相でしょう」と優しく言われ頂いたとの事です。感謝といえば今でもこの方を思い出します。

「家族」へ

この手紙《てがみ》だけでは伝《つた》えきれない
感謝《かんしゃ》の気持《きも》ちでありがとう。

江川 翔大
佐賀県 12歳 中学校1年

「親友」へ

悩《なや》んで泣《な》きながら電話《でんわ》した時《とき》、
黙《だま》って聞《き》いてくれた。
涙《なみだ》で言《い》えなかったけどありがとう。

小旗 美孔
佐賀県 13歳 中学校2年

悩んでた時、電話をしたら黙って聞いてくれて、とても親友の存在に改めて感謝しました。

「妹」へ

いつものくだらないけんかは
櫻《さくら》じゃないとできないよ
妹《いもうと》になってくれてありがとね。

増田 歩
佐賀県 中学校2年

「福岡に住む息子」へ

母《はは》の日《ひ》に 味噌《みそ》!?
お母《かあ》さんはうれし涙《なみだ》!!
味噌汁《みそしる》好《ず》きの歩《あゆみ》らしいね。母《はは》より

大石 敬子
長崎県 65歳 主婦

息子の名前が歩です。

「グローブ」へ

何百球《なんびゃっきゅう》もミスしたし、
その度《たび》おまえを磨《みが》いたぞ。
あの一球《いっきゅう》を捕《と》らせてくれて、　ありがとう

竹中 悠真
長崎県 15歳 中学校3年

「父親」へ

慣《な》れない料理《りょうり》、
苦手《にがて》な家事《かじ》いつも本当《ほんとう》にありがとう。
僕《ぼく》は、父《ちち》の子《こ》どもで幸《しあわ》せです。

荒尾 龍平
熊本県 17歳 高校3年

「大好きな夫・勲さん」へ

勲さん、私《わたし》をおいてどこにいるの。
今会《いまあ》いたい。すごーく会《あ》いたい。
今《いま》までありがとう。

江藤 悦美
熊本県 55歳 主婦

突然 他界した夫へ。

「お母さん」へ

買弁《かいべん》は冷《ひ》えたらまずいです。
だけどお母《かあ》さんの弁当《べんとう》は
冷《ひ》えてもおいしいです。

川嶋　菜月
熊本県　16歳　高校1年

「母上様」へ

元気《げんき》で働《はたら》けよ。
金《かね》おくれ。
いつも有難《ありがと》う。　じろう

奈良の大学に四年間行って居た息子から唯一枚だけ届いた手紙です。思わず笑ってしまいました。

北田 健子
熊本県 87歳 自営業

「時間」へ

悲《かな》しいことも、
時間《じかん》はまあるくしてくれる。
目《め》には見《み》えない、
やさしく流《なが》れる私《わたし》の時間《じかん》。

久島 風音
熊本県 13歳 中学校2年

絶交した友達と、いつのまにか仲なおりしていたときに思いました。

「お父さん・お母さん」へ

徹夜《てつや》の私《わたし》を待《ま》ってくれて、
ありがとう。
次《つぎ》は、もっと早《はや》くから
テスト勉強《べんきょう》するからね。

小林 琴美
熊本県 14歳 中学校3年

「家族の皆様」へ

家族《かぞく》の皆様《みなさま》に申《もう》し上《あ》げます。
あらためて言《い》うのも気《き》恥《はず》かしいですが、
いつもありがとう。

竹尾 まどか
熊本県 17歳 高校2年

「息子」へ

母《はは》の日《ひ》に初《はじ》めてくれた似顔絵《にがおえ》に
腕白《わんぱく》文字《もじ》のありがとう
鉛筆《えんぴつ》の折《お》れ跡《あと》さえ嬉《うれ》しくて泣《な》いた

現在26歳の息子。保育園で初めて描いてくれた似顔絵は、私の宝物です。多分ひらがなを書くのも初めてだったと思いますが、慣れない鉛筆の芯を何度も折りながら「おかあさんありがとう」と力強く書いてくれています。

藤田 加津代
熊本県 50歳 会社員

「母さん」へ

言《い》えなくてゴメン
でも心《こころ》に貯《た》まった「ありがとう」で
私《わたし》きっと億万長者《おくまんちょうじゃ》になれるね

藤田 加津代
熊本県 50歳 会社員

「父」へ

〝ありがとう〟をいっぱい詰《つ》めて
お墓《はか》に布団《ふとん》をかけてあげたい。
皆《みな》、元気《げんき》です。

志賀 千鶴
大分県 64歳 主婦

あなたが逝《い》って十五年《じゅうごねん》
一人《ひとり》の時間《じかん》のおくりもの
充実《じゅうじつ》した日々《ひび》でした
ありがとう 待《ま》っててね

高藤 妙子
大分県

「父」へ

お墓《はか》の掃除《そうじ》に来《き》ました。
明日《あした》は七回忌《ななかいき》です。
今《いま》、背中《せなか》をこすっています。

武内 清則
大分県 63歳

「子供達と妻」へ

怒《おこ》った日《ひ》もけんかをした日《ひ》も
見《み》に行《い》ってしまう君達《きみたち》の寝顔《ねがお》。
寂《さび》しくないよ、ありがとう。

大塚 浩史
宮崎県 45歳 教員

「妻」へ

愛妻《あいさい》弁当《べんとう》毎日《まいにち》ありがとう。
ただ一《ひと》つお願《ねが》いしたい事《こと》が
弁当箱《べんとうばこ》もう少《すこ》し大《おお》きくしてほしいな

妻が仕事休みの日も朝早くから弁当を作ってくれて感謝の気持ちで一杯です。
が、私が体力を使う仕事をしてまして、ごはん（お米）の量が少し足りません。

長友 新
宮崎県 44歳 技術職

「夫」へ

「ありがとう、我家《わがや》に来《き》てくれて」と
愛犬《あいけん》に語《かた》りかけている夫《おっと》。
私《わたし》にも言《い》ってほしい。

森 のり
宮崎県 68歳 パート

「宇宙の番人」へ

日本《にほん》へ四季《しき》をありがとう
毎年《まいとし》ほどよい間隔《かんかく》で
春夏秋冬《はるなつあきふゆ》とこのめぐり
永遠《えいえん》に頼《たの》むよ

石峯 貞夫
鹿児島県 71歳

「稜之輔君」へ

だっこした瞬間《しゅんかん》に
壊《こわ》れた心《こころ》が太陽《たいよう》に包《つつ》まれたように癒《いえ》たのよ、
生《うま》れてくれてありがとう。

下野 宣子
鹿児島県

甥との思いがけない別れに「死別」心が破れたような痛みをかかえてたのに
孫が生れた瞬間に痛みが消えたのです。

「亡くなった祖父」へ

おじいちゃん。
最後《さいご》の一言《ひとこと》「ありがとう。」
そう言《い》って目《め》を閉《と》じた、
おじいちゃん。

西原　真純
鹿児島県　14歳　中学校2年

「平凡な日常」へ

毎日《まいにち》、友達《ともだち》や家族《かぞく》と
腹《はら》がよじれるくらい笑《わら》いあえる。
そんな平凡《へいぼん》な日常《にちじょう》に感謝《かんしゃ》

廣地 佳奈
鹿児島県 17歳 高校2年

予備選考通過者名

順不同

北海道

荒川 加代子
安藤 月穂
池田 吉男
浮所 里於
大友 奨
亀田 美紀子
小山 真由美
佐藤 大樹
佐藤 菜保
清水野 栞也
高橋 鉄巳
丸一 叶人
三浦 玲子
森内 奈穂子
吉沢 彩華
脇 光伸

青森県

菊地 麻衣
佐京 楓
髙森 健太
竹野 一正
野沢 匡貴
畑山 房子
藤田 歩

岩手県

伊藤 綾香
伊藤 奈々美
遠藤 美慧
熊谷 笑香
佐々木 薫
佐々木 来佳
清水 意久子
鈴木 亮介
須藤 友子
多田 菜々香
立花 邦夫
千葉 トモ子
千田 裕平
中野 玲子
晴山 麗
松田 展泰

宮城県

浅野 麻衣
逢坂 純子
加藤 留菜
菊地 郁恵
今野 恵理
佐々木 潤
佐藤 洸
千葉 みよ子
成澤 淑子
古内 桃華

秋田県

相庭 志昭
安藤 志津子
石黒 将也
佐藤 光子
髙橋 里美

山形県

小倉 理佳
佐藤 千咲
高嶋 祥太
冨岡 広人
舟山 典希
幕田 剛

福島県

阿部 紗也
伊藤 さおり
神山 英司
国分 雄大
鈴木 咲彩
須藤 桂佑
高橋 勝次
二瓶 博美
福田 貢
山口 将輝

茨城県

池田 智子
須藤 美津子
飛田 佑人
林 森太郎
原 ゆう子
宮川 礼子
森田 美智子

栃木県

天海 未玖
鵜飼 雅子
齋藤 久男
櫻井 エミ子
笹沼 さき子
佐藤 桂子
志村 美奈実
髙橋 友恵
西 富美子
野尻 敏夫
福田 真也
山崎 瑠那
山城 穂歌
渡辺 宝

群馬県

阿久津 咲妃
上原 さやか
大竹 健太
柏倉 見佐子
清水 琢磨
竹本 麻綾
福島 陵斗
藤野 照迪

埼玉県

荒井 文子
小口 恵美
斉藤 宗世
長坂 均
長坂 均
長坂 均
林 史子
三好 美穂
村井 晴南
吉田 幸子

千葉県

伊藤 拓海

長田 恵
押元 厚美
金子 航
木瀬 まり子
北嶋 なみ
小出 徳江
小山 年男
佐久間 晃太
佐々木 美奈子
佐藤 ヨキ子
篠原 絹代
鈴木 理恵
鷲見 沙耶香
中谷 美砂子
藤崎 雄斗
星野 真吾
本多 渚
山本 恵
渡会 克男

東京都

石川 昇
伊藤 こころ
井上 葉新
大村 純子
大山 隼史
川上 善吉
河本 扇空
国府 玲奈
五條 彰久
小山 夏代
小松原 萌子
佐伯 悦子
酒井 具視
佐藤 文昭
澤田 陽子
竹内 佐和子
土屋 朱子
戸谷 勇輝
都丸 瀬奈
西田 園
萩原 理沙
村木 江美
山崎 美香
吉野 郁花

神奈川県

安座間 望
朝山 ひでこ
荒井 柚
安藤 ひろ子
市瀬 和枝
浦上 昭一
大津 絵理
大場 清
大場 里美
岡崎 ちゑ
貝瀬 愛梨
影山 昭夫
工藤 花凛
黒田 潤々
小暮 由園
坂本 隆夫
酒向 春菜
近藤 さゆり
斉木 弘美
鈴木 邦義
鈴木 邦義
田坂 茉優
柘野 茂樹
都筑 真悠子
ながせ すみれ
野口 亜美
幡野 順泰
福本 ひかる
星野 まい
松尾 隆義
山口 和子
雪小路 涼

山梨県

大川 瞳
齊藤 美鈴
島村 廣子
田邉 國代
名取 あかね

長野県

青木 晃司
井出 啓子
植松 昌弘
岡田 範子
小澤 松子
落合 彩花
川上 隼人
小林 弓枝
竹花 武子
冨田 美穂香
豊田 康太
長瀬 一夫
中曽根 綾乃
成澤 佑天
西本 愛
古越 棟子
保坂 非左子
向山 かな子

新潟県

赤塚 節
内山 ほのか
江口 守
小林 亜紀
小林 和香子
坂上 碧子
椹木 直子
田中 敦子
塚原 紀子
逸見 修
星野 かおり
吉田 千秋

富山県

扇原 克典
加藤 大貴
加藤 舞夏
北川 裕香
佐々 輝南瑚
下村 みのり
棚田 紋加
長谷川 瑛子
廣地 祐輔
堀川 賀代
馬瀬口 裕也
山村 叶

石川県

奥村 仙也
紙本 樹那
中村 理沙子
蓮池 康平
前田 千文
南 敏夫
安田 紀久雄

福井県

赤神 颯太

石川 祐乃介
石田 夏樹
伊東 蒼生
岩倉 遥香
岩佐 実音
浦 美津枝
大松 泉
岡﨑 れな
岡本 悠斗
鋸屋 まい
小澤 朋子
北川 波津美
木村 彩乃
窪田 直子
熊野 和美
河野 満子
小寺 紗稀
小番場 淑恵
酒井 大智
佐々木 颯太
島田 京佳
白崎 美和
鈴木 幸恵
砂村 優依
瀬戸 めぐみ
高道 奈美
竹内 清
竹内 ひかる
竹下 直隆
多田 宏美
田中 悠香
田邉 果穂
田辺 徹郎
谷本 和幸
田村 修也
近間 大たけ
道林 源輝
中川 愛彩
中川 岳
中車 彰汰
中出 彩月
中野 花香
中村 大河
南部 洋子
西川 恵子
橋本 邦子
林 剛志
広嵜 誠也
広野 しょう一
広部 竣哉
福野 真優
ふじい ほたる
二見 富江
前田 瑞歩
松田 愛陽
松村 明日香
松本 喜太郎
三上 りつ子
三澤 武人
光友 花奏
南野 結仁
宮脇 勝
武藤 奈友
森瀬 裕紀
山内 昭治
山岸 良子
山口 晃永
横山 凜花

岐阜県

宇谷 美咲
岡田 實
小木曽 智
各務 めぐみ
可児 里美
川上 まなみ
川上 みゆき
桐山 ひとみ
進藤 喜美子
杉﨑 未佳
曽根 尚子
竹内 昱美
竹内 昱美
田村 博子
塚本 真子
筒井 泰夫
中島 健
中溝 恵子
丹羽 清吾
蓮見 茂夫
花村 ひろ子
星屋 佳史
宮野 貴世
柳瀬 ふみ子
山本 光我
脇田 澪夏

静岡県

氏原 公博
小池 真代
佐藤 れお
杉山 友希乃
髙根 真悠
平塚 梨帆
伏見 智美
本間 晴香
吉村 郁哉

愛知県

市川 雄大
伊藤 尚美
伊藤 万紀子
稲垣 治美
浮海 さおり
宇佐美 芳子
海川 美保
江坂 真菜
大矢 若奈
岡 章江
緒方 志津子
小野 百華
角舘 己喜雄
加藤 節子
加藤 節子
加藤 美羽
金子 倖大
川越 凪紗
神尾 由紀子
小久保 継
小嶋 仁実
小林 彩弥可
小林 結衣
重光 憧
鈴村 まな
竹田 昴
柘植 亮慶
徳原 喜代子
徳原 喜代子
西山 楓
長谷川 まひる
平山 未夢
福田 万里子
二村 宗利
星野 梢子
嶺田 久三
宮地 和子
山本 康平

和田 舞
渡辺 昭

三重県

池上 冴
内山 さおり
奥川 順子
藤村 瑠美
安田 萌恵
山﨑 照代

滋賀県

飯田 七海
木下 奈生子
須田 麗司
寺田 智香
冨田 佳那
鳥居 愛葉
前田 よしの
山中 真砂
吉永 汐里

京都府

青山 弘子
新子 春花
上辻 容子
坂上 真里奈
杉浦 大樹
土田 行夫
重冨 せれな
藤川 平八郎
藤田 雅大
古川 祐里
三浦 すず

大阪府

安部 紘加
新井 祥生
石田 愛
大西 憲子
緒方 ちえ花
川手 よしの
河原 鯨介
北浦 光美
杉村 一日出
髙島 直人
田村 あかね
寺岡 壽也
堂本 美舟
豊口 竣大
長谷川 恵美
平野 美鈴
福本 睦代
間島 秀治
松本 こころ
丸地 麻美
南野 高範
桃井 将行
吉田 好志

兵庫県

浅田 智恵子
有本 裕紀
市原 真理子
今井 貢二
岩根 有紀子
大林 良美
岡村 資朗
奥田 雅信
尾﨑 一美
片山 千紘
要 弥由美
北村 栄一
熊澤 拓泉
黒部 勇輔
小西 昌子
古林 莉奈
佐藤 侃
角田 君子
前海 澄子
柚 晃子
高橋 朋美
谷 知実
千葉 柚香
中村 運
花澤 唯星
浜野 伸二郎
平本 喜代子
藤本 和子
藤本 タミ
藤本 タミ
藤本 三枝子
松下 雅美
松末 哲也
松本 梨緒
宮城 良充
村上 スエミ
矢田 純子
山口 ゆかり
吉田 寛子
余嶋 一紗

奈良県

加藤 愛佳
駒井 初美
竹谷 歌子
中村 絹子
羽根 大智
舩津 翔
宮本 郁江

和歌山県

葵田 昌義
川﨑 由女賀
岸本 理香
杉若 喜代香
住田 広華
中嶋 裕子
長野 駿
秦 佳子
花坂 隆子
花田 由美子
松嶋 南
山﨑 悦子
和田 りえ

鳥取県

むこうやまけん

島根県

岡田 さおり

岡山県

上野 房子
江國 大輔
落合 由紀子
川端 顕典
小橋 登美子
佐藤 芳則
新地 信子
武川 節子
谷本 遼磨
友直 茂子
本行 菜月
村松 千尋
矢野 祥子
渡邉 弘子

広島県

洲崎 恭子
髙橋 ヤスコ
田附 京子
豊田 美由記
藤井 なり美
村西 清子
安村 長女
湯地 海斗
渡邊 哲

山口県

石津 賢治
井上 静夫
白石 直子
田中 嘉美
田原 理沙
西田 豊
野上 由起
宮崎 由香利
本園 比佐子
本園 比佐子
柳井 美也子

徳島県

磯 真理子
尾田 菜摘
樫本 泰夫
岸本 孝子
西村 優
登 沙梨菜
長谷 英子
畑市 航
藤川 真帆
松村 直紀
峰 涼夏
安原 美保子
吉井 啓悟

香川県

石川 貴美代
香川 葉子
國村 康子
清水 千恵
末永 浩美
三浦 真
森藤 道子
浜野 幸二

愛媛県

入船 綾菜
大本 洋子
菅 奈々美
清水 まゆみ
末永 怜士
関家 都
高田 千恵
玉井 正和
山上 亜弥
山下 栄美

高知県

池 和紗
千頭 紗綾
西森 孝

福岡県

宇美 エミ
井上 美津江
大庭 彫
越智 理恵
神 喬子
北川 奈実
古賀 雄大
指山 弓子
島田 翠
末吉 美恵子
高木 彬
髙倉 典行
立花 薫
鶴 絵里
永渕 佐歩
濱田 美奈子
原 幸生
原田 惠子
福山 忠雄
藤丸 阿弥
堀田 睦美
堀口 千加子
森 久美子
山口 志織
横山 美果

佐賀県

阿部 眞紀子
阿部 眞紀子
阿部 眞紀子
今村 公一
河内 裕太
髙尾 優
中島 志野
宮苑 春稀
宮本 綾乃

長崎県

岩橋 七海
田中 里沙
渕野 優子
松永 和子
松永 和子
真鳥 春花
山口 絹枝

熊本県

池上 侑希
石原 瑛
井藤 幸子
上野 由香
江藤 友紀
織畠 由巳子
甲斐 清美
片田 成子
岸本 瑞希
後藤 士径
坂本 恭子
坂本 恭子
坂本 恭子
坂本 星渚
竹田 麻美
田代 智之
田畑 美和子
中尾 憲志郎
林田 美智代
原田 里歩
藤田 加津代
藤田 加津代
古川 真秀子
松村 静子
向井 ゆき子
村上 菜々
森茂 英
吉原 千代花
吉村 彩花
渡辺 葵絵

大分県

入部 友理
上田 幸子
江藤 真弓
甲斐 彩華
城井 英司
髙木 敦子
冨永 美津子
狭間 玉代
松岡 雪子
森下 絵理
山田 千恵
渡辺 若菜

宮崎県

太田原 碧衣
小野 舞奈
黒水 彩香
河野 奈美子
下西 千春
田中 優太
永吉 由理
萩原 渉
蜂須賀 公来
松尾 美都子
森 のり
森 理美
安田 美代子
矢野 恒子
山田 幸子

鹿児島県

有村 莉枝
岩井 初美
岩井田 理恵
上木 歩南
牛ノ濵 有真
内園 初美
倉園 康子
江夏 羅夢
重黒木 千波
高橋 かほる
新原 侑
牧之瀬 麻井
柳 裕子
山形 幸一郎
山形 幸一郎

沖縄県

糸洌 綾香
金城 舞結
後藤 律子
儀保 将吾
小波津 菜桜
瀬良 恵子
薗田 多寿子
田中 知子
玉城 咲恵
福地 友輔
宮良 信樹
饒平名 諒

アメリカ

小川 久美子

カナダ

ジェイ・ワーラー

中国

カイヤン・ワン

ブラジル

新井 知里

かわかりませんが、ひとつひとつの言葉を大切に。これからも変わることのない船出の時です。

二〇一三年三月吉日

編集局長　大廻　政成

日本一短い手紙「ありがとう」新一筆啓上賞

二〇一三年五月一日　初版第一刷発行
二〇二四年四月二〇日　初版第二刷発行

編集者――公益財団法人丸岡文化財団
発行者――山本時男
発行所――株式会社中央経済社
発売元――株式会社中央経済グループパブリッシング
〒一〇一－〇〇五一
東京都千代田区神田神保町一－三五
電話〇三－三二九三－三三七一（編集代表）
〇三－三二九三－三三八一（営業代表）
https://www.chuokeizai.co.jp
印刷・製本――株式会社　大藤社
編集協力――辻新明美

ISBN978-4-502-48170-3　C0095

シリーズ「日本一短い手紙」
好評発売中

四六判・162頁
定価945円

四六判・160頁
定価945円

四六判・162頁
定価945円

四六判・168頁
定価945円

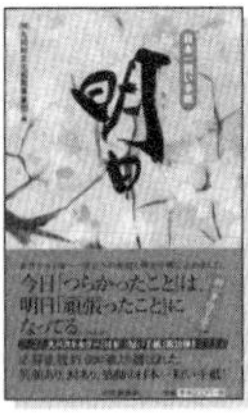

四六判・236頁
定価945円

四六判・188頁
定価1,050円

四六判・198頁
定価945円

四六判・184頁
定価945円

四六判・186頁
定価945円

四六判・178頁
定価945円

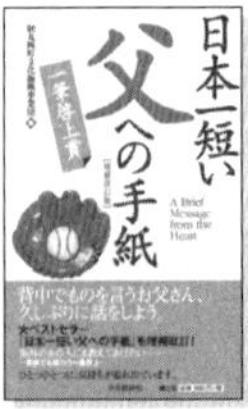

四六判・184頁
定価945円

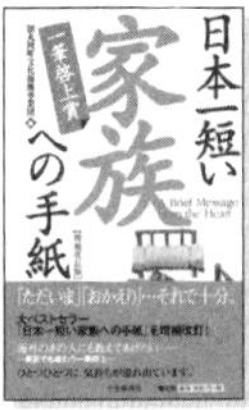

四六判・258頁
定価945円

四六判・210頁
定価945円

四六判・224頁
定価1,050円

四六判・184頁
定価1,050円

四六判・186頁
定価1,050円

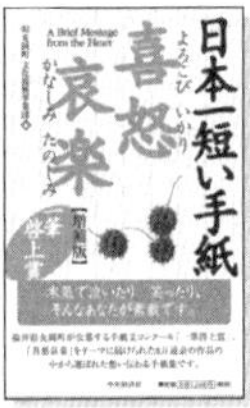

四六判・178頁
定価1,050円

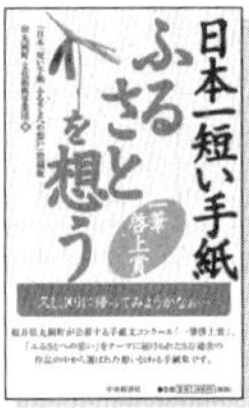

四六判・186頁
定価1,050円

四六判・196頁
定価1,050円